Pedro Carlos Alcantara Chaves

# Martyrios e rosas

Antigonos

**Pedro Carlos Alcantara Chaves**

# Martyrios e rosas

Reimpressão sem alterações da edição original de 1880.

1ª edição 2024   |   ISBN: 978-3-38690-523-7

Antigonos Verlag é um selo de Outlook Verlagsgesellschaft mbH.

Verlag (Editora): Outlook Verlag GmbH, Zeilweg 44, 60439 Frankfurt, Deutschland
Vertretungsberechtigt (Representante autorizado): E. Roepke, Zeilweg 44, 60439 Frankfurt, Deutschland
Druck (Impressão): Libri Plureos GmbH, Friedensallee 273, 22763 Hamburg, Deutschland

LISBOA

*LIVRARIA ECONOMICA*
de Frederico Napoleão de Victoria
Casa fundada em 1876
A MAIS ANTIGA DO PAIZ, EM LITTERATURA THEATRAL
9 a 13 — Travessa S. Domingos — 9 a 13

# THEATRO ESCOLHIDO PROPRIO PARA AMADORES E DE AGRADO CERTO

## Comed. em 1 acto

### 2 HOMENS

Ainda o Descasca-milho. 80
Almoço aos pontapés.... 120
Amor gallego......... 100
Cornetim do meu visinho 120
Dois candidatos........ 200
Dois cegos fingidos..... 100
Dois gallegos politicos... 100
Dois galuchos......... 100
Dois maldizentes....... 100
Dois sacristas......... 100
Dois teimosos........ . 100
Dois tolos felizes.. .... 100
Entre surdos.......... 100
Espertezas de actor..... 120
Espertezas de sabido.... 120
Has de ganhar muito com
  isso.............. 60
Mais vale um desengano. 100
Ninguem faça mal...... 100
Rapaziadas .......... 120
Sardinhas á Rochefort .. 100
Um quarto com duas ca-
  mas............... 100
Um quarto sem camas... 100
Um rapto extravagante.. 100
Um tabellião em pancas . 100
Vidas alheias ........ 100

### 3 HOMENS

Attribulações d'um estu-
  dante *............ 120
Bofetadas (as)......... 120
Depois de velho *...... 120
Dois estroinas *....... 120
Idéas do sr. Sardinha *. 120
Jantar dos serviçaes (Pa-
  rodia á Ceia dos Car-
  deaes)............ 200
Lição aos ciumentos *... 160
Para as eleições *....... 200
Polacos e russos na Mou-
  raria............. 120
Prima (a) Francisca..... 120
Que noite! *.......... 120
Um filho para tres paes * 120
Um rapaz apressado *... 120

### 4 HOMENS

Ceia amargurada *...... 120
Como se arranja um ma-
  rido *............. 160
Conselheiro Accacio *... 160
Hospedaria do tio Anas-
  tacio *............ 120
Perola dos caixeiros.... 120
Um disparate comico *.. 100
Valentes... a fingir *.. 120

### 5 HOMENS

Actor e seus visinhos *.. 120
Como o diabo as tece * .. 120

### Degenerados (theatro livre)

Degenerados (theatro li-
  vre)............... 100
Quem se mette com ra-
  pazes... *.......... 160

### 6 HOMENS

Uma casa de estroinas * 160
Capitão de lanceiros.... 120

### 7 HOMENS

Dois estudantes no prego* 120

### 8 HOMENS

Sem jantar........... * 120

### 2 SENHORAS

Santos de casa......... 200
Sapatinhos de baile.... 200
Uma noite de Natal.... 160

### 4 SENHORAS

Que amigas!.......... 160

### 1 HOMEM — 1 MENINA

Abençoado progresso!... 200
Crianças (as).......... 200

### 1 HOMEM — 1 SENHORA

Bolsa ou vida......... 120
Casem-se, rapazes...... 100
Comedia em casa...... 120
Commoções (as)........ 120
Criados-patrões........ 120
Depois do baile........ 120
Descasca-milho........ 100
Desfecho inesperado.... 160
Divorciemo-nos........ 120
Dois n'um ........... 100
Entre conjuges........ 120
Onde irei passar as noi-
  tes?............. 120
Pragas do capitão...... 120
Senhor (o) está no club. 120
Um homem e metade de
  uma mulher......... 100
Um sujeito e uma senhora 120
União iberica.......... 100
Valsa (a)............. 120
Voltas que o mundo dá.. 120

### 1 HOMEM — 2 SENHORAS

Infelicidades d'um marido
  feliz............. 120
Não ha fumo sem fogo.. 120
Preço d'um marido ..... 100
Senhoras visinhas ...... 120
Um capricho feminino * . 100

### 1 HOMEM — 3 SENHORAS

Do que eu escapei!..... 120
Posso falar á sr.ª Queiroz? 120

### 2 HOMENS — 1 SENHORA

Abstracto (Distracções do
  Polycarpo).......... 120

### Astucias de actriz

Astucias de actriz (Affli-
  cões de um emprezario) 120
Bolsa e cachimbo ...... 120
Bom homem d'outro tempo 100
Casamento e a mortalha. 160
Conselhos da tia (Livro
  3.º Cap I)........... 120
Duas bochechas em pe-
  rigo *............. 120
Entre unidos desunidos * 120
Lucas que chora e Lucas
  que ri............. 100
Maldita mostarda! *.... 120
Medalha da Virgem .... 120
Miguel, o Torneiro...... 100
Que a mulher não faz... 100
Quem abrolhos semeia.. 120
Senhora (a) está deitada* 120
Tribulação e ventura ... 100
Triste fado............ 120
Um inimigo de mulheres 120
Um primo inesperado ... 120
Uma experiencia *....... 120
Uma lição............ 120
Verduras da mocidade * 120
Visinha (a) Margarida.. 120

### 2 HOMENS — 2 SENHORAS

Aboletado (o) *........ 160
Carteira de Mauricio Lo-
  pes ............... 120
Chuva e bom tempo.... 120
Ha mais Marias na terra 100
Historia d'um pataco... 120
Mariquinhas, a Leiteira.. 100
Mulher de dois maridos. 160
Precisa-se d'um criado.. 100
Preço da bolacha *..... 120
Que elle faz, faço eu.... 120
Quem morre... morre * 120
Quem tem medo *..... 160
Um criado brioso...... 120
Um namorado exemplar. 100

### 2 HOMENS — 3 SENHORAS

Guardado está o bocado. 100
Menina (a) dos meus olhos 120
Tribulações d'uma soltei-
  rona............. 120

### 3 HOMENS — 1 SENHORA

Almoço inesperado..... 100
Amor constipado....... 120
Amor tudo vence *..... 120
Bravo o de Veneza..... 120
Como se escolhe um genro 120
Gato de dois pés *..... 120
Malditas letras! *....... 160
Miniatura (a)........... 160
Quanto vale um canario. 120
Resonar sem dormir *.. 120
Resuscitado (o) *....... 120
Sem mulher e sem dinhei-
  ro *............... 120

Este signal (*) indica as peças que têem papeis impressos.

THEATRO DOS CURIOSOS

COLLECÇÃO DE PEÇAS PARA SALA E THEATROS PARTICULARES

N.º 20

# MARTYRIOS E ROSAS

## COMEDIA-DRAMA EM UM ACTO

POR

## P. C. ALCANTARA CHAVES, E PINTO DE CAMPOS

*Representada no theatro da rua dos Condes, de Lisboa,
e no de S. João, do Porto*

SEGUNDA EDIÇÃO CORRECTA

LISBOA
LIVRARIA ECONOMICA DE DOMINGOS FERNANDES
9, TRAVESSA DE S. DOMINGOS, 11

PREÇO 160 RÉIS

# Á VENDA

NA LIVRARIA ECONOMICA DE DOMINGOS FERNANDES
9, TRAVESSA DE S. DOMINGOS, 11—LISBOA

## SCENAS COMICAS

| | | | |
|---|---|---|---|
| Antonio (o) Maria. | 60 | A Justiça | 60 |
| Amigo (o) dos artistas. | 80 | Já morri! | 60 |
| Actriz passando o beneficio. | 60 | Lamentações d'um andador. | 60 |
| Alho! (um) | 100 | Lamentos d'um senhorio | 60 |
| Amor e dinheiro. | 60 | Limpa (o) chaminés | 60 |
| Amores d'um creado | 60 | Manel nabiça | 100 |
| Actor (um) em calças pardas | 60 | Meu (o) museu | 60 |
| Asylado (o) da Revista | 50 | Meu amigo Banana | 60 |
| Aventuras do sr. Ventura. | 50 | Mudanças com a edade | 60 |
| Adeus (o) do artista | 60 | Mestre Farronca | 60 |
| Actor e a arte, p. dramatica | 60 | Mundo (o) Livre, poesia | 60 |
| Bengala (a). | 100 | Mestre (o) Barnabé | 60 |
| Bombeiro (o) | 60 | Meus senhores | 60 |
| Barrete (o) de dormir | 60 | Mundo novo! p. dramatica | 60 |
| Banhos (os) do mar. | 60 | Não volto a Lisboa! | 60 |
| Carreira (a) do sr. Carreira. | 60 | Namorador de officio, poesia | 60 |
| Caloteiro (o) | 60 | Porteiro (o) do Passeio | 50 |
| Confissões d'uma pessoa sincera. | 80 | Provas publicas | 80 |
| Conquistas do velho | 60 | Policia civil, cançoneta. | 60 |
| Cerração no mar, poesia | 60 | Pobre (o) do Azylo | 60 |
| Carestia (a) dos alimentos. | 60 | Photographo (o) | 60 |
| Chapeu de chuva | 100 | Quando eu namorar.... | 60 |
| Caridade (a) | 60 | Revista de 1859 | 60 |
| Duqueza por um... sabio | 60 | Senhor (o) Manuel Ventura | 60 |
| Diogo Alves | 60 | São horas.. Vou-me raspando. | 60 |
| Doutor (o) baleia | 60 | Sachristão (o) da Revista | 60 |
| É queijo, cançoneta | 50 | Tio (o) Simplicio | 60 |
| Eu gosto de namorar | 60 | Tribulações d'um correio. | 60 |
| Effeitos do vinho novo | 60 | Uma victima no Limoeiro. | 60 |
| Engeitados, (os) poesia. | 60 | Uma victima dos senhorios | 60 |
| Ferro e fogo! | 60 | Uma actriz no prégo | 60 |
| Fui ver a gran-Duqueza | 60 | Um contribuinte em pancas | 60 |
| Fatalidades d'um Ponto | 60 | Um namoro extravagante | 60 |
| Gréve (a) dos Srs. Barbeiros | 60 | Um actor passando o beneficio | 60 |
| Gréve (a) p. comica | 60 | Um toleirão | 60 |
| Guarda (o) Nocturno | 60 | Um protector de animaes | 60 |
| Guarda barreira | 50 | Uma diversão | 50 |
| Infeliz namorado | 60 | Um viuvo inconsolavel | 50 |
| Iong-tong, cançoneta | 100 | Vantagens do Larmanjat | 60 |

# PERSONAGENS

ANTONIO, tenente reformado . . . . . . . . . . . .  *Simões.*
MIGUEL, typographo, seu filho . . . . . . . . . . . .  *P. de Campos.*
THOMAZ DA FONSECA, brazileiro rico . . . .  *Pires.*
VICENTE PINOIA, aprendiz de tanoeiro . . . .  *Saraiva.*
D. ANGELICA . . . . . . . . . . . . . . . . . . . . . . .  *C. Xavier.*
MARIA, costureira, filha de Antonio . . . . . . . .  *Cordul.*

## ACTO UNICO

*Uma sala pobremente mobilada. Porta ao fundo e lateraes. Uma janella na direita baixa. Ao levantar o panno Maria está sentada cosendo um vestido; Antonio do lado opposto, encostado á meza, adormecido.*

### SCENA I

#### ANTONIO e MARIA

MARIA—*(contemplando Antonio)* Pobre pae, como dorme socegado. A terrivel doença que o afflige deixa-lhe agora alguns momentos de repouso. Deus queira que não acorde ainda, para não me ver trabalhar. E' necessario occultar-lhe que não temos outros recursos senão o meu trabalho, e que Miguel não tem que fazer... Quanto elle se demora... se lhe aconteceria alguma cousa!?...

ANTONIO—*(sonhando)* Avancem soldados... a gloria está ali... avancem... avancem...

MARIA—Sonha com as suas batalhas... ao menos é feliz emquanto dorme.

ANTONIO—Bravo, meus valentes, bravo!... *(acordando)* Ah! que bello sonho. Parecia-me estar em Talavera, entre os meus bravos soldados. Estás ahi, Maria, que estás fazendo?

MARIA—Estou acabando este vestido com muita pressa para a senhora D. Angelica. Disse-me que o queria para esta noite, e bem vê que lhe não posso faltar: somos-lhe tão obrigados...

ANTONIO—Sempre te vejo a trabalhar... de dia e de noite; olha que isto deve fazer-te mal.

MARIA—Esteja descançado; se eu visse que me fazia mal, não trabalhava. Miguel sempre me está a dizer que me não rale; porque, como o pae sabe, não temos necessidade.

ANTONIO—Miguel... Já foi para a officina?

MARIA—Ainda não; sahiu e disse-me que se o pae perguntasse por elle lhe dissesse que não se demorava.

ANTONIO—Não sabes onde foi?

MARIA—Não, meu pae.

ANTONIO—Que bello rapaz é aquelle meu Miguel. Quanto desejava vel-o feliz. Mas a morte não me deixara gosar esse desejo.

MARIA—*(levanta-se)* Meu pae, não se esteja a affligir; bem sabe que o doutor recommendou o maior socego de espirito na sua convalescença.

ANTONIO.—*(beija-a na testa)* Tontinha... bem ves que estou socegado; mas o meu mal é aqui *(aponta o peito)* e aqui *(a cabeça)*, e o doutor não tem remedio para o coração nem para a cabeça; o doutor póde curar o corpo, mas a alma...

MARIA—Para essa devem ser seus filhos um balsamo consolador.

ANTONIO—E são... sem elles já teria morrido.

MARIA—Então para que está com ideias tristes! Vamos, socegue.

ANTONIO—Olha, Maria, ha occasiões em que uma nuvem negra me vem toldar o pensamento, e em que as minhas ideias se revoltam contra esta sociedade tão mal constituida. Considéro, minha filha, que quando morrer não te deixarei recursos que te livrem da miseria, e que já hoje soffreriamos a fome e o frio, se teu irmão não tivesse um officio. O militar que arriscou a vida pela patria, que se fez escravo para ver livre o seu paiz, que derramou o seu sangue, para a felicidade d'um povo, desce á terra legando a miseria a seus filhos, e apenas alguns tiros de polvora secca são a recompensa dos seus serviços, diécipando-se a sua memoria como o fumo das minhas honras que lhe fizeram. E queres que viva socegado quando estou sempre a pensar n'isto?

MARIA—Pois sim, mas quando estiver bom fará essas considerações. Agora deve recolher-se ao seu quarto, porque bem sabe que não tem ordem de estar cá fóra senão até ás tres horas.

ANTONIO—Bem; obedeço ás ordens do commandante. *(dirige-se para o quarto, encostado ao braço de Maria)* Bem ves que sou bom soldado. Recolho-me ao quartel.

MARIA—A obediencia merece recompensa, Quando estiver bom, hei-de lhe ler aquella linda poesia do Veterano, sim?...

ANTONIO—Sim, minha filha, e para obter esse premio vou já submmetter-me aos artigos de guerra. *(sae)*.

## SCENA II

### MARIA (só), depois VICENTE

MARIA—*(sentada)* Se elle soubesse a nossa triste situação; se soubesse que o feitio d'este vestido é o unico recurso que temos para hoje, succumbiria infallivelmente. E' necessario occultar-lhe a verdade. E' necessario que nos veja alegres, quando o nosso coração chora, por não lhe poder dar uma vida socegada *(batem)* Quem é?...

VICENTE—*(dentro)* Vicente Pinoia e companhia. *(Maria vae abrir e Vicente entra)* Olhe que não a enganei, menina Maria; o Pinoia sou eu, e a companhia é esta fazenda para um frack e uma camiza, que *vomecé* me ha-de fazer.

MARIA—Obrigada, Vicente, por se lembrar de mim. Agora tenho muita precisão de costura...

VICENTE—Então eu não me havia de lembrar da menina que fez tantas vezes com que eu não levasse a *minha conta* do mestre, quando lá morou por cima da tanoaria. Eu não sou ingrato. Mas vamos ao caso. Eu saio official para a semana, e então quero apresentar-me com toda a decencia. Frack de cotim branco e preto, collete de acolchoadinho, calça de casimira rapada, e chapeu de murro. Pois então como é o seu geito. Muitos me hão-de ver que não me hão-de conhecer. Eu não quero chapeu redondo, porque uma vez que sahi à rua com um de meu pae, era a rapazida toda a gritar atraz de mim: *Ena que penante !* Vae suspenso nas orelhas!...

MARIA—Estimo que sáia official. Poderá melhor ajudar sua mãe, e recompensar-lhe o trabalho que lhe tem dado.

VICENTE—Olhe, a velhinha está tão contente... Diz que da semana que vem em diante é que vou ser homem... Mas ó menina, eu parece-me que já o sou?... Não acha?...

MARIA—Sua mãe quer dizer-lhe que vae ter outra posição, e que é necessario tomar juizo.

VICENTE—Ah! agora, agora. Por isso ella me diz sempre que eu tenho aduella de menos... Então eu sendo official fico com todas as aduellas, não é verdade?!

MARIA—*(sorrindo)* Por certo. Mas diga-me, quando quer estes objectos promptos?...

VICENTE—Basta no sabbado, que é quando recebo os tres pintos do mestre. Olhe, a camiza quero-a muito bonita, com uns colleirinhos como os do sr. regedor, que ao voltar-se para qualquer lado não vê senão d'um olho. Agora diga-me de que são os botões para os ir comprar.

MARIA—São de porcelana.

VICENTE—Bem, vou buscal-os n'um pulo. Vim a um recado do mestre, e posso *gazear* um bocado. Eu já venho. *(vae a sahir e dá um encontrão em D. Angelica, que entra)* Oh! que gêba !... *(sahe)*

## SCENA III

### MARIA e D. ANGELICA

ANGELICA—Que bruto!... Dá licença, minha visinha?

MARIA—Entre, sr.ª D. Angelica.

ANGELICA—Então como vae o pae, está melhor?

MARIA—Pouco melhor. O cirurgião disse que precisava de muito socego, e deu-lhe licença pará sahir do quarto algumas horas. Esteve aqui um bocadinho mas já se recolheu. Eu receio que lhe venha algum ataque do cholera: está tão fraco e tem havido tantos casos...

ANGELICA—Deus me perdôe, mas isto do cholera é por força castigo... E depois está tudo pela hora da morte. O que tem valido a muita gente são as esmolas d'aquelle brazileiro que móra no primeiro andar... Ai Jesus, não faz ideia de quanto elle gosta da menina. Quando me encontra na escada está sempre o fallar-me a seu respeito. Ainda ha muito quem faça bem sem interesse. Porque lhe não escreve um bilhetinho... eu mesma lh'o ia entregar.

MARIA—Tenho vergonha. Miguel não havia de gostar. Antypathisa com esse homem que se julga muito, só por ter muito dinheiro.

ANGELICA—Ora adeus. Seu mano é rapaz e não sabe o que diz.

MARIA—Pois sim, mas não me falle mais n'isso. Não quero que a todo o tempo me lancem em rosto a esmola, que eu, pobre, lhe solicitasse a elle, rico, e orgulhoso. Os pobres tambem tem orgulho, quando em vez de dinheiro possuem nobreza de sentimentos, que dinheiro nenhum póde pagar.

ANGELICA—Historias da vida. Isso ouvia eu n'outro tempo. Agora já não se fazem essas considerações. A menina não lhe quer pedir, mas eu arranjo isso muito bem. Fallo-lhe eu como cousa minha, e digo-lhe que a menina é filha de um antigo militar, a quem o soldo não chega, e que seu irmão não tem que fazer na officina ha mais de um mez. Arranjo-lhe cá uma historia, e verá... Elle tem bom coração, e ha-de valer-lhe. Isto de a gente precisar é muito mau, minha filha, e não se deve esperdiçar occasião de adquirir alguma cousa. Seu pae continua a estar doente, e estão tão faltos de meios que não sei...

MARIA—Basta, senhora! Deus não ha-de desamparar meu irmão, e o pae felizmente vae melhor.

ANGELICA—Eu bem sei que o sr. Miguel é muito bom rapaz, mas se elle não póde. Olhe, disse-me ainda agora o tendeiro da esquina que se o seu mano lhe não pagar hoje o que lá deve, vae dar parte ao regedor.

MARIA—Mas se elle não póde...

ANGELICA—Elles querem lá saber d'isso! Dizem que quem é pobre não tem vicios,

MARIA—Vicios?! Pediu-lhe porventura Miguel, alguma cousa que não fosse pão?! Que mundo este! Quem não tem, que morra de fome! Se pedimos uma esmolla, dizem-nos que trabalhemos, nem que o trabalho se podesse adquirir em todos os momentos d'afflicção! (chora).

ANGELICA—Valha-nos a virgem Santa. A chorar olhe que não faz nada. (batem) Parece-me que bateram.

MARIA—Ha-de ser meu irmão.

ANGELICA—Então vou-me embora. Não se esqueça do meu vestido para a noite, sim?... (*Maria vae abrir e Miguel entra pensativo, cumprimenta ligeiramente D. Angelica e senta-se n'uma cadeira*).

MARIA—Vá descançada. (*Angelica sahe*).

## SCENA IV

### MARIA e MIGUEL

MIGUEL—Foi-se embora essa mulher?

MARIA—Foi, sim. Então, Miguel?

MIGUEL—Nada pude conseguir. O homem dos penhores zangou-se comigo e disse que o objecto não chegava nem para pagar os juros do mez passado, quanto mais...

MARIA—E agora?... *(senta-se a coser)*.

MIGUEL—Agora... Communiquemos a nossa desgraça, e pediremos a Deus que nos dê coragem para supportar tantos soffrimentos, tanta infelicidade... *(depois de pausa levanta-se)* E o nosso pobre pae? E' por elle e por ti, minha irmã, que mais sinto isto.... porque para mim sempre haveria um amigo. Tenho fé que entre os companheiros da minha vida de rapaz, encontraria algum que ainda conhecesse no Miguel de hoje, o amigo que sempre acharam nas suas precisões da mocidade, n'essas dicipações que a nossa edade, e alguns meios de nossas familias, fazem parecer necessidades á experiencia dos vinte annos.

MARIA—Enganas-te, Miguel; seriam os primeiros a fugir de ti.

MIGUEL—*(sorrindo)* Não sejas tão cruel, tão pessimista. Verdade é, que nos amigos de botequim só devemos conhecer os homens de occasião, mas a sociedade não está tão corrompida que não deixe despontar ainda muitas e muitas almas virtuosas do centro dos seus proprios vicios. E são muitas vezes os mesmos vicios que fazem crear essas naturezas excepcionaes... queres saber porque? É porque a maldade de tantos, lhes faz apreciar a virtude de poucos. Sabes porque muitos evitam o encontro com os desherdados? E' para não sacrificarem as conveniencias sociaes... O mundo não tolera a juncção do homem que calça luva, com os que se occultam para não mostrarem o fato roto. E' a superioridade da luva que diz ao desgraçado: «Arreda-te!»

MARIA—E como extremar os bons entre tantos maus?

MIGUEL—Da mesma forma que se distingue entre duas mulheres perdidas, aquella que vendendo a bellesa não vendeu a alma nem a pureza dos sentimentos. Uma ri de tudo, porque é inferior a si mesma; a outra, chora occultamente a sua dor, e na expiação do seu delicto, soffre a amargura da sua condemnação. E n'esta mulher ha muitas vezes tanto pudor, que seria bastante para a tornar superior ás mulheres que a olham desdenhosamente, sem se lembrarem de que talvez a falta de um seductor ou os seus poucos atractivos, tenham sido a salvaguarda da sua fama. Mas esta gente é tão egoista que não se dá ao trabalho de avaliar estas e outras cousas, e só quer disfructar as vantagens, que deve mais ao acaso que aos sacrificios que fizesse para manter o bom nome.

MARIA—Acho-te razão, Miguel.

MIGUEL—Porque és boa e virtuosa, minha irmã, mas infelizmente nem todos querem ouvir estas verdades. São voos ideaes que cedem á materialidade da vida. As necessidades de amanhã, fazem desapparecer as considerações de hoje. Agora nos estão ellas affastando do que nos cumpre fazer. O pae está doente, precisa remedios, e nem um real temos para elles. Não sei já o que hei-de fazer. Tenho procurado trabalho, e não o encontro; fui duas vezes a casa d'um amigo que me tem soccorrido sempre nas horas de afflicção, porem não estava em casa... Não sei o que hei-de fazer...

MARIA—Por hoje não te afflijas. Em acabando este vestido recebo seis tostões da D. Angelica, e podemos remediar-nos.

MIGUEL—Se soubesses quanto me custa aproveitar-me do mesquinho fructo do penoso trabalho em que perdes as noites, e que devia ser para os teus enfeites!...

MARIA—Eu não preciso de enfeites. Filha d'um pobre militar e irmã d'um operario, devo trajar com simplicidade. Queres que occulte a nossa miseria, apresentando ao mundo um exterior aparatoso? Mas não fallemos n'isso. Dize-me, porque não diligenceias entrar para a officina onde aprendeste?

MIGUEL—Isso não, Maria. Fizeram-me trasbordar demasiado o calix do soffrimento, para que eu pretenda voltar para lá. Eu tinha o pessimo defeito de saber ler e de pensar, e isto são crimes que não se perdôam n'aquella casa. A guerra partiu de muito alto e eu succumbi, vendo com prazer que no combate encontrei aduladores e vis, tive sempre por amigos todos aquelles que soffriam em silencio, obrigados pelas circumstancias. Ao menos, nas outras casas de trabalho tenho encontrado um irmão em cada collega... Mas esqueçamos coisas tristes. O doutor já voltou?

MARIA—Ainda não. Disse que não podia vir antes das cinco horas... Tem tantos doentes a tratar...

MIGUEL—O pae perguntou por mim?

MARIA—Perguntou. Eu disse-lhe que não tardavas... Elle ainda ignora que não trabalhas. *(ouve-se dar quatro horas)*.

MIGUEL—Quatro horas... vou sahir. Já me esquecia dizer-te que tenho muitas esperanças de alcançar um emprego nos caminhos de ferro. Aquelle amigo do pae, tem empenhado todo o seu valimento para me proteger, e disse-me que hoje ás quatro e meia me apresentasse no escriptorio da companhia, porque talvez já tivesse uma decisão favoravel. Não abandono a arte por minha vontade; as circumstâncias é que me obrigam a isso. Actualmente, ganha mais qualquer analphabeto em trabalhos m: teriaes, do que o typographo que mata o corpo cançando tambem o espirito.

MARIA—Tenho pouca fé n'esses promettimentos. Parece que toda a gente que póde servir, abusa do seu prestimo e sente prazer em prolongar a infelicidade dos outros. Como se julgam mais do que nós, pretendem tornar-nos servis para, à nossa custa, brilharem diante de certas capacidades parvoas como elles.

MIGUEL—Tens razão até certo ponto, mas creio que te enganas, quanto ao meu protector. Adeus, não me posso demorar mais. *(sae)*.

## SCENA V

### MARIA (só)

MARIA—Miguel era digno de ser bem feliz. A sua mocidade passou como um relampago, e principiou muito cedo essa aprendizagem da desgraça. que para muitos começa no berço. Tinha de ser. Um poder mais forte do que a nossa vontade. nos impelle para um abysmo de miseria, e só a confiança em Deus póde fazer-nos encaral-a com resignação.

## SCENA VI

### MARIA e VICENTE

VICENTE—Eu cá vou entrando, menina Maria. Não sabe, os botões não se pódem arranjar.

MARIA—Então porque?

VICENTE—Fui a todas as lojas da rua dos Capellistas e nenhuma tinha botões de *espadana*.

MARIA—São de porcelana.

VICENTE—Ah! cabeça de burro! Eu precisava ser mettido n'uma pipa! Se eu pedia botões de espadana, como haviam elles adivinhar que eram de *tarlatana!*... Fizeram-me uma troça dos diabos... Disseram-me que se vendiam nas boticas. e n'outras partes exquisitas... Para me não enganar, vou escrever o nome n'um papel... *(pega n'um papel de cima da mesa e tira um lapis da algibeira)* Diga la, menina Maria-

MARIA—Botões de porcelana.

VICENTE—*(soletrando e escrevendo)* B-o, bo, t-o. to. e-n-s, ens, botões de p-o-r, por, c-e. ce, l-o. lo, n-i-a. nia, *porcelonia*. Bem, agora, vou buscal-os. Ja fui à loja e o mestre deu-me licença de duas horas porque eu lhe disse que a velhota estava muito doente. Quem não tem manha, morre no ar como uma aranha. *(sahe a correr)*.

MARIA— Pobre rapaz..tem pouco juizo, mas tem bom coração; uma cousa compensa a outra. Que doido; nem fechou a porta. *(vae a fechar a porta e suspende-se).*

## SCENA VII

### MARIA e FONSECA

FONSECA—Dá licença, minha menina?

MARIA—V. s.ª aqui! Tem a bondade de entrar e esperar um bocadinho em quanto vou avisar meu pae da sua visita.

FONSECA—Peço-lhe que se demore um instante. Desejava perguntar-lhe algumas cousas; se a encommódo...

MARIA—De maneira alguma. Tem a bondade de sentar-se.

FONSECA—Ha-de-lhe causar estranheza a minha visita, mas quando lhe explicar o motivo d'ella, cessará a sua admiração e julgal-a ha uma cousa muito vulgar. Soube pela sr.ª D. Angelica que n'esta casa havia uma familia necessitada de soccorros, e um homem como eu, que entende que a fortuna de uns deve minorar as lagrimas dos outros, não deixa de praticar um acto de beneficencia, que alguns fazem por luxo, e que eu tomo por distracção. Já sabe o motivo que me conduziu aqui; agora desejava que me desse alguns esclarecimentos a respeito da sua situação.

MARIA—A sua bondade commove-me bastante, e em poucas palavras lhe direi o que deseja saber. A minha familia compõe-se de tres pessoas, unicamente. Meu pae, velho militar, cujo soldo apenas chega para passarmos alguns dias; meu irmão, typographo, que não trabalha ha mais de um mez, e eu, que como costureira ganho um mesquinho salario, á custa de longas insomnias. Agora, a doença de meu pae veio tornar mais penoso o nosso viver, porque nos falta o braço de Miguel, o amparo d'esta casa.

FONSECA—A sr.ª D. Angelica tinha razão. Mas porque não vae seu irmão para outra terra, para o Brazil, por exemplo? Ha por lá falta de typographos, e elle podia fazer fortuna. A menina tambem lá seria estimada, e seu pae seria feliz na companhia de seus filhos.

MARIA—Mas como transportarmo-nos, sem recursos?...

FONSECA—Então para que servem os homens de que ha pouco lhe fallei, senão para auxiliar os desprotegidos da fortuna? Creio que não ignora que sou brazileiro e que tenho alguns navios? Para o mez que vem sae um para o Rio de Janeiro, e se a menina quizer pódem partir todos... Se quizer, pouco lhe deve custar a resolver seu pae e irmão a fazer esta viagem.

MARIA—Mas senhor, tenho ouvido dizer que somos lá tratados como escravos e o preço da passagem é pago com a liberdade...

FONSECA—Historias! Contos de velhas que fazem d'um arguêiro

um cavalleiro. Trabalham, é verdade, mas bem vê que não hão-de ir para lá passear. Escravos... liberdade... isso é bom para romances ou para algum escriptor politico. São palavrões... Quanto á sua familia deve lá ser bem tratada, levando um anjo em sua companhia. Haverá lá milhares de escravos... de amor que a desejem por senhora.

MARIA—Creio que as suas palavras não envolvem a minima idéa de que eu seja capaz de sacrificar a honra para affastar a miseria do seio de minha familia?...

FONSECA—Já vejo que a menina gosta de palavrões... A honra... A honra é uma palavra especulativa, que serve para muitos serem peores do que aquelles que não a tem. O que vê a menina por esse mundo?... O honrado morrendo de fome e o traficante carregado de condecorações... *(olhando para a rua, e chamando Maria á janella)* Eis ali uma prova das minhas opiniões. Olhe, vê aquella carroagem puxada por dois formosos cavallos?... Vê aquella mulher elegante que se reclina graciosamente no hombro de um homem feio e barrigudo?... Aquella mulher era filha de um militar, como a menina o é tambem. Esse militar, tinha sido governador no ultramar e, ao contrario de muitos que vão occupar aquelles logares, voltou de lá mais pobre do que fòra. Alguns chamaram-lhe honrado mas outros arremessaram-lhe o labeo de tolo, e quando morreu, deixou a filha ao desamparo. Esta, luctando com a fome, resolveu matar-se... á franceza! Pediu dinheiro emprestado para comprar carvão, e quando ia para asphixiar-se, appareceu-lhe aquelle homem que vae com ella e fez-lhe umas propostas. Ella acceitou e hoje é...

MARIA—*(vivamente)* Sua mulher?!...

FONSECA—*(rindo)* Ainda não... A honradez apenas dava credito para o preço do carvão para se matar, ao passo que não fazendo caso da tal palavrinha, tem creados, carroagens, e póde apresentar-se em todas as as sociedades, fazendo inclinar diante dos seus vestidos de seda, os guarda portões que antigamente a tinham posto fóra da porta por andar vestida de chita.

MARIA—Custa-me a comprehendel-o.

FONSECA—Serei franco. Apresentando este exemplo, quero provar-lhe que está na sua mão melhorar a situação de seu pae... *(apparece Antonio)* Dar-lhe-hei dinheiro para viverem commodamente até a sahida do meu navio, e então poderá ir ser venturosa n'outro paiz.

MARIA—Quer dizer...

SCENA VIII

ANTONIO, MARIA e FONSECA

ANTONIO—*(pallido e tremulo, com duas pistolas)* Quer dizer que irás vender a tua virtude a quem mais dér, porque este homem é um engajador de escravatura branca, e para que o seu mister seja ainda mais infame e lucrativo, não contrata senão mulheres... Manda para o Brazil virgens formosas para ali serem profanadas por aquelle que mais caro as comprar. Eu devia matal-o!... mas não... *(com intimativa)* Sáia immediatamente! *(cae desalentado n'uma cadeira)* Ai, minha filha! este homem matou-me!

MARIA—*(correndo a soccorrel-o)* Meu pae!...

FONSECA—*(contemplando-os friamente)* Ah! ah! ah! Estas scenas dão-me vontade de rir! Trate de seu pae, menina. Eu espero fallar-lhe antes que se lembre de ir comprar carvão. *(cumprimenta e sae).*

## SCENA IX

### MARIA e ANTONIO

MARIA—Meu pae, meu pae... Oh! meu Deus, não responde, está desfallecido. *(correndo á escada)* Senhora D. Angelica, senhora D. Angelica! *(descendo)* Para que viria aqui aquelle homem? Foi Satanaz que o enviou para me perder! Mas não, meu pae ha-de proteger-me, ha-de salvar-me!

## SCENA X

### D. ANGELICA, MARIA e ANTONIO

ANGELICA—Que tem, menina, está tão afflicta!?

MARIA—Oh! senhora D. Angelica, chegue a chamar um cirurgião. Meu pae soffreu um ataque e está ali sem falla...

ANGELICA—Ai, Jesus. Valha-me Nosa Senhora. Eu lá vou a correr.

MARIA—Vá. vá, e o céu lhe recompensará este serviço. *(Angelica cae a sahir quando entra Vicente e lhe dá um encontrão)*

ANGELICA—*(zangada)* Este demonio não tem olhos! *(sahe).*

## SCENA XI

### VICENTE MARIA e ANTONIO

VICENTE—Tenho sim senhora, e famosos. Ora o diabo da velha! Menina Maria, aqui estão os botões de *porcelonia;* agora não me enganei. *(reparando em Antonio)* Ai, o vegete que está peor O' menina Maria eu se fiz bulha é porque não sabia... que... sim... que o seu pae estava *peor da molestia.* Se quer que lhe faça algum recado, diga, que estou promptó.

MARIA—Olhe, Vicente. eu aceito o seu favor. Sabe onde é o escriptorio dos caminhos de ferro?

VICENTE—Sei sim senhora, o escriptorio dos *omnibus* dos caminhos de ferro. Já lá fui uma vez com um recado do mestre... por signal estava lá o seu mano...

MARIA—E' ahi mesmo. Chegue lá, e diga ao Miguel que venha já para casa, porque o pae está muito doente com outro ataque. Ande, vá a correr, tenha paciencia...

VICENTE—Ora essa é boa! Vou n'um pé e venho n'outro. (*sae*).

## SCENA XII

### ANTONIO e MARIA

ANTONIO—(*despertando lentamente*) Maria!... Ah! estás aqui. Que horrivel sonho... Sonhei que me tinhas abandonado... que tinhas esquecido teu velho pae... Mas tu não me has-de deixar senão quando eu morrer, sim?... Isto está por pouco, e a tua mocidade alenta a minha velhice... Olha, Maria, acompanha-me ao meu quarto... (*levanta-se*) Sinto-me tão fraco. Ha na minha cabeça uma confusão de idéas que me endoidece. (*vae para o quarto, amparado por Maria*).

## SCENA XIII

### FONSECA (só)

FONSECA—(*depois de ter contemplado Antonio e Maria que se retiram*) Ora na verdade, é uma cousa singular! Coleras, desmaios, e tudo porque?... por lhe offerecerem uma existencia socegada e tranquilla. Se não tivesse tanto interesse em mandar esta pequena para o Rio de Janeiro, abandonava este negocio. Os pobres são geralmente cabeçudos com a sua reputação, o seu bom nome e outras raticos. Mas afinal, que interesse tiram elles de tudo isso? (*olha em roda*) Cadeiras de pau, uma enxerga, e um vestido para acabar, cujo producto mal chegará para comerem hoje, ficando amanhã a fazer cruzes na bocca. (*rindo*) Ah! ah! que mundo tão ratão... Eil-a ahi. E' necessario obrigal-a a acceitar-me dinheiro, que depois está bem segura.

## SCENA XIV

### FONSECA e MARIA

MARIA—(*com dignidade*) O sr. ainda aqui! Pensei que tendo dado origem a um acontecimento que vem complicar mais a nossa triste situação, o sr. não teria coragem de entrar aquella porta!

FONSECA—E porque não?... Dei causa a que seu pae tivesse um ataque, e por isso venho offerecer-lhe os meus serviços. Se praticasse o contrario haviam de apontar-me como um tyranno de melodrama, haviam de dizer que tinha feito victimas, e outras coisas bonitas, e talvez me julgassem peor que todos os genios maus das *Mil e uma noites*, dando thema para algum noticiarista me achar mais feio que o *Han de Islandia*, o *Quasimodo de Nossa Senhora de Pariz*, ou outro ratão inventado por algum romancista. Nada. Detesto estas celebridades, e por isso venho offerecer-lhe este ouro, que lhe deve ser preciso n'esta occasião.

MARIA—Nunca, senhor! Se acceitasse esse ouro, e meu pae se restabellecesse, empregaria o resto da vida a amaldiçoar-me... No meio da nossa miseria elle descerá ao tumulo abençoando certatamente sua filha.

FONSECA—E tendo-lhe pedido pouco antes um bocado de pão para matar a fome... Ah! ah! Ora vamos, minha menina, deixe-se de idéas romanticas e acceite este dinheiro. Seu pae precisa de socorros e a menina não póde dar-lh'os. Este vestido não está acabado senão á noite e d'aqui até lá seu pae terá precisão de alguma cousa.

ANTONIO—*(dentro)* Maria, Maria, dá-me um copo de agua, minha filha.

MARIA—*(áparte)* Oh! meu Deus, não ha nenhuma, e a sr.ª D. Angelica que não está em casa... Oh! meu Deus... dá-me coragem!...

FONSECA—Seu pae pediu agua... porque não lh'a leva? Por que não lhe satisfaz um pedido tão simples?...

ANTONIO—*(dentro)* Maria!...

FONSECA—Ora vamos, acceite; com isto mitiga a sêde a seu pae... Acceite... *(offerecendo-lhe a bolsa)*

MARIA—E' inutil insistir. Que importa uma ou mais horas de agonia, quando a consciencia não nos acusa de praticar maus actos? quando podemos levantar a fronte diante dos miseraveis... como o senhor, que negoceiam com a honra de algumas mulheres, só porque tiveram a infelicidade de nascer pobres! Deixe ao menos em paz a honra ás mulheres do povo, unico thesouro que Deus lhes concedeu!

FONSECA—Gostei de a ouvir, mas não me commoveu. Seja rasoavel, e acredite-me. Todas essas considerações cahem diante d'este poderoso argumento... o dinheiro. Os homens vendem a consciencia e as mulheres a honra. São dois generos que variam de preço, segundo a qualidade dos proprietarios, mas que se acham sempre com abundancia no mercado. Se os antigos adoravam um bezerro de ouro, os modernos seguem o mesmo culto sob fórma differente. Este é o lado positivo da vida. *(Apparece Miguel)* Quem lhe poderá dizer, nas circumstancias em que a menina está, que não deve acceitar este dinheiro? *(apresenta-lhe a bolsa).*

## SCENA XV

### MIGUEL, FONSECA, MARIA, depois D. ANGELICA

MIGUEL—*(lançando a mão á bolsa)* Eu!

FONSECA—O senhor!... *(entra D. Angelica e conversa áparte com Maria).*

MIGUEL—Sou o irmão d'esta mulher que o sr. queria comprar!... Já vê que tenho direito de lhe dizer que recuze este ouro, e que adivinhei as intenções com que lh'o offerecia. Conheço-o bem, senhor Fonseca; sei perfeitamente que a sua apregoada philantropia, essas esmollas annunciadas em seu nome por todos os jornaes, são a capa com que encobre o seu indigno mistér, e meios para entrar em casa dos proletarios. levando ali a deshonra! Agora que o encontrei em minha casa, farejando uma d'essas ignobeis transacções, podia dár-lhe uma correcção justa... mas não, porque o homem que desce a exercer o seu mistér é sempre um cobarde!... *(pausa)* Emmudesce?... Nos seus estudos para enganar as mulheres, ainda não se habilitou para tratar com seus paes ou irmãos?! Respeitarei a sua fraqueza. Este dinheiro não lhe deve servir para continuar as suas transacções, e vou em seu nome dar-lhe um fim honesto e santo. Senhora D. Angelica, tenha a bondade de ir entregar este dinheiro ao prior da freguezia, que o manda o sr. Thomaz da Fonseca para ser distribuido pelas filhas de todos aquelles que morreram do cholera. *(Angelica sahe).* Bem vê, sr. Fonseca, o preço da honra de minha irmã, vae evitar que algumas orphãs vendam a sua tão depressa. Isto é a minha vingança e o seu castigo. Agora queira sahir; a sua presença faz-me um grande mal!

FONSECA—Custou-me cara a licção, mas deve aproveitar-me. Senhor Miguel, talvez um dia façamos algum contracto... O Brazil, prefere os brancos aos pretos, e os portuguezes gostam muito de aquelle paiz. Com licença. *(sahe).*

MIGUEL—Ah! Maria, este scelerado fêz-me esquecer tudo. O que teve o pae, não está melhor?...

## SCENA XVI

### ANTONIO, MIGUEL e MARIA.

ANTONIO—Estou muito melhor, meu filho. Foste o meu medico. Quando te estava ouvindo, sentia o coração a palpitar de orgulho por ter um filho assim. Levantei-me, parece que cheio de novas forças, e caminhei para aqui para te abraçar, para te agradecer.

MIGUEL—Esqueçamos tudo, meu pae. Já não devemos temer a miseria. O nosso amigo, alcançou-me o emprego nos caminhos de ferro, e adiantou-me algum dinheiro. Tu, minha irmã, já não precisa-rás de perder as noites a trabalhar. Vamos ser felizes, muito feli-zes. Emquanto precisarem da minha vida e do meu trabalho, en-contrarão em mim um filho e um irmão.

ANTONIO—*(abraçando-os)* Meus filhos, se no jardim da vida não te-mos colhido senão martyrios, chegou a hora de colhermos tambem rosas. São duas flores que symbolisam a existencia do pobre, na imagem dos seus pesares e dos seus prazeres.

MARIA—Oh! Miguel, nossos corações não podem conter amor pa-ra recompensar tanta dedicação. De tão nobres sentimentos, d'uma alma tão formosa, onde poderás achar a recompensa?

MIGUEL—*(apontando a platea)* Se não a encontrar ali... devo en-contral-a no céu. *(Maria e Miguel inclinam-se para beijar a mão de Antonio, este abençoa-os e cahe o panno).*

**FIM**

| | |
|---|---|
| ..theus * | 120 |
| ..rquato | 200 |
| ..de noivos | 100 |
| ..rido em calças par- | |
| ..... | 120 |
| ..ar de mortes (em | |
| ..mbourg) | 120 |
| ..riada impagavel * | 120 |

**..MENS — 2 SENHORAS**

| | |
|---|---|
| ..na rêde | 120 |
| ..por aununcio * | 120 |
| ..ão geral | 120 |
| ..por informações | 120 |
| ..berta do dr. Qua- | |
| ..na | 120 |
| ..ênés * | 200 |
| ..Zacharias * | 120 |
| ..a e Quaresma * | 120 |
| ..alminhas do Se- | |
| ..... | 120 |
| ..a para curar sau- | |
| ..es | 120 |
| ..o, batina e chambre | 200 |
| ..ella perdida | 120 |
| ..ações de Mané Côco | 120 |
| ..paz distrahido * | 120 |
| ..a liberdade do ta- | |
| ..l | 100 |

**..MENS — 3 SENHORAS**

| | |
|---|---|
| ..e solteiro | 100 |
| ..er fome | 120 |
| ..nem por graça | 100 |
| ..usa d'um chapeu | 120 |
| ..descoberta d'um | |
| ..ico | 160 |

**..MENS — I SENHORA**

| | |
|---|---|
| ..e doido * | 120 |
| ..s amor .osinha * | 120 |
| ..nobreza e povo | 120 |

| | |
|---|---|
| Gagos (os) | 120 |
| Maldito relogio! | 120 |
| Morte do Gallo * | 160 |
| Pegas (as) dos touros | 120 |
| Taborda no Pombal * | 120 |
| Ventura ignorada | 120 |
| Vossa excellencia des- | |
| culpe | 120 |

**4 HOMENS — 2 SENHORAS**

| | |
|---|---|
| Amor da patria | 120 |
| Atraz do genro * | 160 |
| Campanologos portugue- | |
| zes | 100 |
| Codigo das mulheres ga- | |
| lantes | 160 |
| Coronel (o) | 120 |
| Diabo atraz da porta * | 160 |
| Malditas cartas! | 120 |
| Mestre fóra | 100 |
| Milagres de Santo Anto- | |
| nio * | 120 |
| Morto e vivo | 120 |
| Não tem titulo * | 120 |
| Patos bravos * | 160 |

**5 HOMENS — I SENHORA**

| | |
|---|---|
| Dois surdos * | 200 |
| Fazer fogo com polvora | |
| alheia * | 160 |
| Figuras de cera | 100 |
| Gostos-manias * | 120 |
| Medico-mania * | 120 |
| Medrosos (os) | 120 |
| Traupman e seus cumpli- | |
| ces (pouchade) | 100 |

**5 HOMENS — 2 SENHORAS**

| | |
|---|---|
| Casar ou morrer | 120 |
| Doutor Sovina | 100 |
| Minha mulher engana-me | 100 |
| Safa, que susto! | 100 |

| | |
|---|---|
| Um amigo fatal | 120 |
| Um noivo de encommenda * | 120 |
| Visconde por meia hora | 120 |

**5 HOMENS — 3 SENHORAS**

| | |
|---|---|
| Olho vivo com as cria- | |
| das | 160 |
| Um marquez feito á pressa | 100 |
| Uma mulher por duas ho- | |
| ras | 160 |

**6 HOMENS — I SENHORA**

| | |
|---|---|
| Audiencia na sala | 200 |
| Cada um para o que nasce | 160 |
| Dois casamentos á pressa | 120 |
| Estroinas (os) | 120 |
| Morrer para ter dinheiro * | 160 |
| Um abraço seu ratão! * | 120 |

**6 HOMENS — 2 SENHORAS**

| | |
|---|---|
| Feio no corpo | 200 |
| Pagem rei | 200 |

**6 HOMES — 3 SENHORAS**

| | |
|---|---|
| Casamento do Alto Va- | |
| reta | 100 |

**7 HOMENS — 2 SENHORAS**

| | |
|---|---|
| Baptisado do filho do Des- | |
| casca-milho | 120 |
| Casamento do Des..ca- | |
| milho * | 120 |
| Grande cousa é ter di- | |
| nheiro | 120 |
| Morte do Descasca-milho | 100 |

**8 HOMENS — 2 SENHORAS**

| | |
|---|---|
| Casamento do filho do | |
| vaqueiro | 120 |

**9 HOMENS — I SENHORA**

| | |
|---|---|
| Tres cães batendo á porta | 160 |

---

## Comedias em 2 actos

| | | | |
|---|---|---|---|
| ..do outro mundo * | 4 h. | 2 s. | 200 |
| ..ras d'um perceptor | 4 h. | 2 s. | 200 |
| ..... sem mulher * | 4 h. | 2 s. | 200 |
| ..para morrer * | 3 h. | 2 s | 160 |
| ..lo a casados | 4 h. | 2 s. | 240 |
| ..velho | 7 h. | 2 s. | 160 |
| ..a verde | 6 h. | 1 s. | 200 |
| ..o mel * | 5 h. | 1 s. | 200 |
| ..m diga * | 8 h. | 1 s. | 200 |
| ..s do sr. Raivoso | 6 h. | 1 s. | 200 |
| ..sos de Aniceto | 5 h. | 3 s. | 200 |
| ..otector para temer * | 3 h | 1 s. | 200 |
| ..vo perigoso * | 3 h. | 1 s. | 200 |

## Comedias em 3 actos

| | | | |
|---|---|---|---|
| ..ados pontapés * | 7 h. | 1 s. | 300 |
| ..noite em pedra dura * | 3 h. | 1 s. | 300 |
| ..e Orates | 4 h. | 3 s. | 300 |

| | | | |
|---|---|---|---|
| Dar lenha para se queimar | 3 h. | 1 s. | 240 |
| Expedientes de sogra * | 4 h. | 2 s. | 300 |
| Filhos de Adão | 5 h. | 2 s. | 300 |
| Padrinho (o) * | 6 h. | — | 300 |
| Porta (a) falsa * | 6 h. | 2 s. | 200 |
| Situação complicada (Ma- | | | |
| drinha de Carlos) * | 5 h. | 2 s. | 300 |
| Sobrinhos da condessa | 7 h. | 2 s. | 240 |
| Sol de inverno | 3 h | 2 s. | 300 |
| Tio padre * | 4 h. | 1 s. | 300 |
| Um amigo dos diabos! * | 4 h. | 1 s. | 300 |
| Uma bola de sabão | 8 h. | 2 s. | 300 |
| Uma casa de estroinas | * | 8 h. | 1 s. | 360 |
| Ninguem diga | | | |

## Comedias em 4 actos

| | | | |
|---|---|---|---|
| Amigos intimos | 11 h. | 2 s. | 200 |
| Guerras (as) do alecrim e | | | |
| da mangerona | 5 h. | 4 s. | 240 |

### Entre-actos dramaticos

| | | |
|---|---|---|
| Dois operarios | 2 h. | 100 |
| Engeitado (o) | 2 h. | 100 |
| Filho (o) do pescador | 2 h. | 160 |
| Honra (a) | 2 h. | 100 |
| Poder (o) do ouro | 2 h. | 100 |
| Regresso á patria | 2 h. | 100 |
| Taberna (a) | 2 h. | 100 |
| Usurario (o) | 2 h. | 100 |

### Dramas em 1 acto

| | | | |
|---|---|---|---|
| Abençoada diabrura! | 3 h. | 1 s. | 160 |
| Berço (o) | 3 h. | 1 s. | 160 |
| Canalha (o) | 3 h. | 1 s. | 200 |
| Coração fidalgo | 3 h. | 1 s. | 160 |
| Escravo (o) * | 3 h. | 1 s. | 200 |
| Filho do crime * | 4 h. | — | 160 |
| Joaquim, o Terra Nova | 5 h. | 2 s. | 160 |
| Justiça de Deus * | 3 h | — | 160 |
| Ladrão de casa * | 5 h. | — | 160 |
| Maldição paterna * | 7 h. | — | 160 |
| Martyrios e rosas | 4 h. | 2 s. | 160 |
| Mentira (theatro livre) | 3 h. | — | 120 |
| Nobreza de alma * | 4 h. | 1 s. | 160 |
| Nobreza do artista | 6 h. | — | 160 |
| Noite maldita * | 4 h. | — | 160 |
| Novatos no crime | 4 h. | — | 160 |
| Remorso (e) | 5 h. | 1 s. | 120 |
| Soffrimento e resignação * | 4 h. | 1 s. | 160 |
| Visão do crime | 4 h. | — | 120 |

### Dramas em 2 actos

| | | | |
|---|---|---|---|
| Anjo da paz * | 4 h. | 2 s. | 240 |
| Como Deus castiga * | 8 h. | 1 s. | 200 |
| Coração de pae * | 4 h. | 1 s. | 200 |
| Divida de honra | 4 h. | 1 s. | 200 |
| Culpa e perdão | 3 h. | 3 s. | 240 |
| Gaiato de Lisboa * | 5 h. | 2 s. | 240 |
| Grumete (o) | 9 h. | 2 s. | 200 |
| Milagre de Nossa Senhora da Nazareth | 12 h. | 2 s. | 200 |
| Modesta * | 4 h. | 1 s. | 200 |
| Nobreza do operario | 6 h. | 1 s. | 200 |
| Oppressão e liberdade | 7 h. | 1 s. | 300 |
| Paulo e Maria ou A escravatura branca | 11 h. | 5 s. | 200 |
| Tempestade e bonança | 5 h. | 1 s. | 200 |

### Dramas em 3 actos

| | | | |
|---|---|---|---|
| Advogado da honra * | 6 h. | 1 s. | 200 |
| Anjo Maria | 6 h. | 1 s. | 300 |
| Bombeiro municipal | 5 h. | 2 s. | 240 |
| Escravos e senhores * | 6 h. | 1 s. | 200 |
| Espectro (o) do passado * | 7 h. | 1 s. | 300 |
| Glorias do trabalho | 9 h. | 1 s. | 300 |
| Herança do marinheiro * | 4 h. | 1 s. | 200 |
| Honra e deshonra | 4 h. | 1 s. | 200 |
| Hora do supplicio * | 5 h. | 2 s. | 240 |

| | | |
|---|---|---|
| Ladrões de luva branca * | 7 h. | — |
| Miserias sociaes | 13 h. | 2 s. |
| Negros e negreiros * | 10 h. | 1 s. |
| Nobreza d'amor | 6 h. | 4 s. |
| Nodoas de sangue | 6 h. | 1 s. |
| Odios de frade | 8 h. | 2 s. |
| Operarios em greve * | 8 h. | — |
| Quinze annos de prisão | 4 h. | 1 s. |
| Segredo do pescador * | 5 h. | 1 s. |
| Tributo de sangue | 6 h. | 1 s. |
| Um erro judicial * | 8 h. | 1 s. |
| Veterano da liberdade * | 4 h. | 1 s. |

### Dramas em 4 actos

| | | |
|---|---|---|
| Filha (a) do saltimbanco | 6 h. | 2 s. |
| Judeu (o) | 6 h. | 2 s. |
| Gaspar, o Serralheiro | 9 h. | 1 s. |
| Jocelyn, o Pescador de Baleias * | 6 h. | 1 s. |
| Rainha Santa Izabel | 13 h. | 4 s. |
| Silvio, o Cigano * | 7 7. | 1 s. |

### Dramas em 5 actos

| | | |
|---|---|---|
| Explosão da nau Chagas | 19 h. | 4 s. |
| Homens ricos | 9 h. | 4 s. |
| Maria Antonieta | 21 h. | 9 s. |
| Tomada da Bastilha | 10 h. | 3 s. |
| Trapeiros do Lisboa | 7 h. | 2 s. |

### Operettas em 1 e 2 acto

| | | | |
|---|---|---|---|
| Amazonas piemontezas | 1 a. | 3 h. | 6 s. |
| Amor e dinheiro | 1 a. | 2 h. | [illegible] |
| Amores de Tatiró | 1 a. | 4 h. | |
| Arte Nova (pretexto para intermedio de Folies Bergeres) | 1 a. | 3 h. | 1 s. |
| Attribulações de um perceptor | 1 a. | 3 h. | 1 s. |
| Beijo (o) | 1 a. | 4 h. | 3 s. |
| Casa de Lobos | 1 a. | 3 h. | 1 s. |
| Criada-ama | 1 a. | 2 h. | 1 s. |
| ...Da Capital Federal* | 1 a. | 3 h. | 1 s. |
| Dois dias no Campo Grande | 2 a. | 16 h. | 3 s. |
| Intrigas no bairro * | 2 a. | 8 h. | 2 s. |
| Lazarilha | 1 a. | 2 h. | 1 s. |
| Maestro Bovi | 1 a. | 2 h. | 1 s. |
| Oração (a) * | 1 a. | 5 h. | 1 s. |
| 48 para homens, 39 para mulheres | 1 a. | 2 h. | 1 s. |
| Reino (o) da Bolha * | 1 a. | 2 h. | 1 s. |
| Sr. João e sr.ª Helena | 1 a. | 1 h. | 1 s. |
| 66 (o), | 1 a. | 2 h. | 1 s. |
| Sinos de Corneville | 1 a. | 1 h. | 1 s. |
| Tio Braz | 1 a. | 4 h. | 1 s. |
| Tres sapadores | 1 a. | 4 h. | 1 s. |
| Trinta botões | 1 a. | 2 h. | 1 s. |
| Vida airada | 1 a. | 5 h. | 1 s. |
| Zuavos (os) | 1 a. | 5 h. | 2 s. |

O risco ( — ) indica que a peça não tem senhoras.

Esta casa é a UNIC[A] que publica peças com papeis impres[sos]